NIEUWE BRABANTSE SPREEKWOORDEN, GEZEGDEN EN AFORISMEN

Adrie Vermetten

Nieuwe Brabantse spreekwoorden, gezegden en aforismen

Uitgeverij Doppelgänger

Tilburg

2010

ISBN 978-94-90855-04-8

Inleiding

Aangezien hét Brabants niet bestaat, is er ook niet één Brabantse spelling. Het West-Midden-Brabants verschilt net zo veel van het Midden-Oost-Brabants, als het Oost-Midden-Brabants van het Midden-West-Brabants. In deze bundel is zo veel mogelijk recht gedaan aan de spelling waar het spreekwoord vandaan komt, daarom staan 'A ge', 'Agge' en 'Adde' gebroederlijk bij elkaar. Net als 'Dè's' en 'Des' – zoekt u zelf naar andere verschillen, u zult er vele vinden. Soms klinkt het Brabants zoals het er staat, soms zoals het uitgesproken wordt en weer een andere keer zoals de betekenis is.

Ik wil bij dezen al mijn correspondenten in heel Brabant bedanken voor hun speurwerk:

- Alfred 'Wiebeltje' Snatersnuit
- Beau ter Ham
- Bob Buitenzorg
- Brunhilde Schlügerhöffel
- Eppe Zuring
- H. Geest
- Hanz Darryl
- Koosje Daarvoor
- Kristel Klier
- Lieve R. Ter Aarde
- Lord Wanhoop
- Maltalati
- Mr. Wonkles
- Nardje van Drika van Lene
- O.B. Kunst
- Pam Per
- Sjarl Graaf van Heemskerk Piters
- Tiny van den Binnenbandt
- V.H. Stroganow
- Y. van Ipsilon

Adrie Vermetten (1925-2010)

A ge niks lust moette nie eete

Wanneer je het eten niet belieft, moet je het niet tot je nemen. Deze gevleugelde uitdrukking kwam klapwiekend de Brabantse *charts* binnen toen Lady Di haar eerste landmijn veegde, en vervolgens a capella het volkslied van IJsland zong. Nooit eerder was de levensvreugde onder de bevolking van Hulten zo groot, en het zal de lezer dan ook niet bevreemden dat op dezelfde dag nog een drietal andere uitdrukkingen het levenslicht zagen. Helaas zijn die inmiddels allen vergeten, zodat ons slechts de herinnering resteert aan de magie van het moment waarop ze geuit werden.

A.F.Th. wônt hier nie meer, geleuf ik...

In Geldrop, Mierlo en het oosten van de Lichtstad wordt deze uitdrukking regelmatig gebezigd als iemand weer eens iets doms zegt. Daarmee wordt dan uiteraard indirect spijt betuigd over het onrecht dat de grote schrijver deze streek heeft aangedaan door naar de randstad te vertrekken. Een variant op deze uitspraak, die vooral in de omgeving van Nuenen regelmatig gebezigd wordt, luidt: 'Vincent het ons ook mooi een oor angenaoid.' De betekenis is identiek, maar de herkomst van de twee varianten verschilt dus.

Adde mienderjaorig zijt, zijde ok ene keer per jaor jaorig

Ontsproten uit de eeuwige strijd tussen Brabants jong en oud. Volwassen pretenderen de wijsheid in pacht te hebben, kinderen spreken de waarheid. Een waarheid die – zoals iedere Brabander weet – ergens in het midden zal liggen.

Agge gin drankorgel kunt speule motte maor gaon trommele

Op het eerste gehoor een muzikaal intermezzo. Niets is minder waar. Wie niet tegen alcohol kan (en dat zijn er nogal wat) moet maar gewoon fris drinken. Dit mag een sapje zijn (Roosendaal e.o.), maar een prikje (Helmond) is ook toegestaan.

Agge nie durft motte nie zèège dagge nie durft, mar gewôôn in d'aove zèike

Als je niet durft, moet je niet toegeven dat je niet durft, maar gewoon in de haven plassen. Het is soms verstandiger om de domme lul uit te hangen, dan de held die de klappen krijgt (maar dat sprak natuurlijk vanzelf).

Al zou ik een snavel hebben, dan ben ik toch nog geen eend?

Lokaal gezegde uit het Brabantse dorpje Luyksgestel. De betekenis spreekt bijna voor zich. Iemand kan doen wat 'ie wil, maar hij blijft wat hij is. Dus doe maar gewoon zoals je bent.

Alle Franskes in een kerrevén nog an toe!

Deze uitdrukking komt veelvuldig voor in Fijnaart en omgeving. Wordt gehanteerd in situaties die nieuw zijn voor bepaalde bevolkingsgroepen (longloze zangers,

Roemeense kogelstootsters, potvisverzamelaars). 'Moet je nou toch eens kijken!?', 'Wat is dit nou toch allemaal?'

Alleen Grat van Galen is zonder kwalen

Iedereen heeft wel iets. Geen enkele mens is vrij van welke aandoening dan ook. Grat van Galen was een bekende Boxtelse weerman. Gedurende zijn hele volwassen leven is hij geen enkele dag ziek geweest totdat hij op 27-jarige leeftijd overleed.

Als de klok stopt met tikken, ben je te laat met wat te bikken

Simpel gezegd kan het je fataal worden als er niet op tijd een bord eten op tafel staat. Na een lange school- of werkdag is het dan ook raadzaam de calorieën weer even aan te vullen. Echter, eet nooit te veel, want door te veel vet in je kop staan je ogen onder spanning en kijk je scheel. Zolang ze er nog niet uit geplopt zijn.

Als de thee naar koffie smaakt is er kans dat men braakt

Wie tegen zijn wil augurken of postelein moet eten kan hier wel eens een draaiende maag aan overhouden. Er wordt gefluisterd dat dit gezegde zijn oorsprong vindt in het stadsdorp Roosendaal, maar hardop is het nooit uitgesproken. Wie het weet mag het zeggen…

Als de zon het hoogst is in december, dan komt er vanzelf gember

December is altijd een dure maand, maar wie zijn geld met beleid uitgeeft, komt de winter vanzelf wel door. De pittige smaak van gember staat symbool voor de jaarwisseling. Is die achter de rug, dan worden de dagen langer.

Als den trekker nie trekt, dan zit dun boer te jánken

Als de tractor stil staat, dan is de boer aan het huilen. Brabanders bezitten al sinds oudsher de underdog-positie in Nederland. Simpele zielen, onbeschoft houdoe-volk en boeren zijn termen die niet alleen vandaag de dag de ronde gaan, maar al eeuwenlang werden gebruikt om de landbouwer of veehouder te vernederen. De Brabanders zijn echter een trots volk. Als voetbalhooligans namen ze 'boeren' op als een geuzennaam en trokken ze ten strijden. Boeren zijn harde werkers en daar bereiken ze veel mee. Helaas dat een Q-koorst of een mond-en-klauwzeer, met een ogenschijnlijke periodieke terugkeer, roet in het eten gooit. Daardoor blijft de Brabantse agrariër tot zijn dood een harde werker. Alleen bij een sterfgeval blijft de tractor in de schuur.

Als een poes in een hondenkennel

Dit gezegde heeft niets te maken met dieren, maar alles met bange kippetjes en haantjesgedrag. Met 'als een poes in een hondenkennel' wordt bedoeld dat iemand zich in een onbekende situatie nogal ongemakkelijk voelt. Ter illustratie: een Nispense automobilist die zoekende is in het centrum van Den Haag, een NAC-supporter in het vak van de harde kern van Willem II, iemand met zelfrespect in een polonaise etc.

Als ik toch geen bolus, dan neem ik er toch ook geen

Hoewel Brabant bekend staat om haar Bourgondische levenswijze, is het wel een Bourgondische insteek met wederzijds respect van en naar het voedsel en de drank. Wie geen bier lust, drinkt geen bier, wie geen pap lust eet geen pap. Zo gaan Brabanders nou eenmaal om met dat wat ze eten en drinken. Deze uitspraak is een verbale tik op de vingers van iemand die iets ongewenst probeert aan te dringen. De verwijzing naar de Zeeuwse bolus blijkt, na onderzoek, niet meer te zijn dan een plagerij jegens de westerburen.

Als ik uw duiven til, houdt u dan de bezem stil?

Dit vragend aforisme (vraforisme) komt sporadisch voor in de omgeving van Haaren. Het wil in algemene zin zoveel zeggen als 'als ik u deze dienst bewijs, stopt u dan waar u mee bezig bent?' In de praktijk komt het er op neer dat dit vraforisme wordt toegepast in bijna-burenruzie-Frans Bromet-achtige situaties. Bijvoorbeeld als de hodelhund van de buren blijft blaffen bij het zien van de leverkleurige pantalon van uw achterneef. U verzoekt uw buren saté van de hond te maken, terwijl u zich ontfermt over uw achterneef.

Als je de zee ruikt, zit je fout

Deze uitdrukking gaat over de Midden-Brabantse aversie tegen wandelen. Omdat Brabant geen kustlijn heeft, moet men een flinke wandeling maken om aan zee te komen. Kortom: niet naartoe wandelen. Of nee, helemaal niet wandelen, voor de zekerheid.

Als nun gegoten pint vloog de wout naar zun huis

Waar het recht spreekt zal de Brabantse boer het hef in eigen hand nemen. Als buitenstander zult u wellicht hebben afgevraagd waarom u op het platteland regelmatig asociaal wordt ingehaald terwijl de flitspalen in geen verste verte de moeite doen zich te verstoppen. Het geheim wat hier onthuld wordt is dat deze blikvangers geen camera's bevatten. In 1999 werd in het provinciehuis te 's-Hertogenbosch dit drastisch besluit genomen nadat uit bezuinigings-gesprekken was gebleken dat maandelijks alle flitspalen gerepareerd of vervangen moesten worden. Wat bleek uit onderzoek? De geflitste Brabander keert 's avonds terug met groot geschut. En met succes, want als nun gegoten pint vloog de wout naar zun huis.

Als nun vetvijver op zun hogste groad is en dun zommer loat op zich woachte dan wurd 't tijd om dun koein te sloachten en dun put te legen

Als de frituurpan opgewarmd is en het lampje laat op zich wachten dan wordt het wel degelijk tijd om op biologische wijze het apparaat te deponeren en de portemonnee te trekken. Je kent het wel, het is feest, maar die verdraaide hapjespan laat maar op zich wachten. Na enkele etmalen turen naar het lampje vraag je je af of het niet tijd wordt om de versnaperingen toch maar in het vet te deponeren. De achterliggende gedachte van dit gezegde heeft natuurlijkerwijs te maken met 'de tijd', hetgeen wat toch al zo zeldzaam is. Op een bepaald punt wordt het verstandig om een nieuw pannetje aan te gaan schaffen, ofwel, het wordt tijd om verder te gaan met leven! Leef het is toch al zo kort!

As ge gin paord bent, moette nie aan oe gewicht twijfele

Als je geen paard bent, moet je niet aan je gewicht twijfelen. Rond de jaren '20 van de vorige eeuw was er een paardentwijfelaar actief in de toenmalige politieregio Brabant Zuid bij Zuidwest. Deze paardentwijfelaar schiep er behagen in om paarden onzeker te maken over hun uiterlijk en gewicht. Op die manier verkocht deze dondersteen paardenweegschalen bij De Vleet in Vijmen. Later werd dit een algemene uitdrukking met als betekenis: 'al loop je de hele dag in de wei, laat je niet gek maken door wat anderen je vertellen over jouw persoonlijkheid.'

As gij da zo samevat dan hedde ons moeder nie goed begrepe

Als jij dat zo samenvat, dan heb je onze moeder niet goed begrepen. Vroeger kwamen er in Den Dungen veel familievetes voor, vaak met een heel vervelende afloop. Om de rivaliserende familie op de hoogte te stellen van de vete, werd deze uitdrukking 'aangezeet' (aangezegd). Iedereen wist dan waar hij aan toe was.

As me grootje eerder rolt als haar lator, het dun ouwe vast ne kator

Als mijn oma eerder rolt dan haar rollator, heeft opa vast een kater. In het hedendaagse Brabant zie je meer vrouwelijke bejaarden achter de rollator lopen dan mannelijke. Wanneer het omaatje dan toch opeens voor de rollator loopt kun je er donder op zeggen dat het oude mannetje te diep in het glaasje heeft gekeken. Op kasteel Helmond, in de Middeleeuwen, hadden ze een soortgelijk gezegde met betrekking tot kruiwagens. De dronken boeren moesten hun stevige vrouwen achter het wiel zetten, wanneer ze te wiebelig op hun benen stonden. Enigszins veranderd door de jaren, is het gezegde gebruiksvriendelijk geworden in geheel Zuid-Brabant.

Beter een harde bodem dan een kleffe doos

Oorspronkelijk stamt dit gezegde uit de Napolitaanse bouwwereld. Sinds enkele jaren floreert het echter ook in Brabantse trottoirprostitué-kringen en onder bepaalde pizzaconsumenten in Dinteloord.

Beter een vuile hond dan een smerige nacht

Deze uitdrukking vindt zijn oorsprong in Goes. Door een stevige westenwind is zij nu ook in West-Brabant gearriveerd. Afhankelijk van de weersvooruitzichten is de kans aanwezig dat ook de rest van Brabant te maken gaat krijgen met deze zegswijze. Hoewel de betekenis voor zich spreekt is het toch goed te vermelden dat het tegenovergestelde in bepaalde situaties de betere optie is.

Bosbessen zijn niet voor niets rond

In groentewinkels kun je deze dooddoener vaak horen – een soort 'waarom zijn de bananen krom' en 'hoe lang is een

Chinees'. Als de klant twijfelt tussen bloemkool en broccoli, dan is dat typisch een moment voor de groenteboer om 'Bosbessen zijn niet voor niets rond' te zeggen. Het past de klanten dan om schromelijk te lachen.

Brabantse nichten zijn lang!

Dit aforisme roept men te pas en te onpas in (meestal homosuele) horecagelegenheden. Wanneer dan wel? Als het een eeuwigheid duurt voordat de barkeeper de bestelling opneemt of het toilet te lang bezet blijft. 'Brabantse nichten zijn lang!'. Een afgeleide versie van dit aforisme leverde de Deens/Schotse zanger Snape (zie Dermot McNatterman, *Schotse Rock Too*, Tilburg 2010, pp. 91-92) nog een bescheiden carnavalshitje op aan het begin van de jaren '80.

Broek aan, broek uit, gedaan, geduit

'Duiten' is Brabants voor 'ergens aan beginnen'. Aan het begin van de dag doet men zijn broek aan, aan het eind van de dag gaat de broek uit. De dag is dan gedaan, maar je zou ook kunnen zeggen dat je ergens aan kunt beginnen: het einde is ook een nieuw begin.

Bruine kleuren zijn niets voor een ballon

Is het ergens gezellig? Dan gaat dat heus wel weer voorbij. Bruin refereert aan de bruine kroeg, de ballon wordt traditioneel gebruikt bij feestelijkheden, samen vormen deze elementen de voorbode van ongeluk. Dit gezegde heeft zijn bronnen op het Brabantse platteland, maar trekt op in de steden.

Cafetaria cafetaria

In het begin van de jaren '30 werd op de het stedelijk gymnasium in 's-Hertogenbosch een legendarische musical opgevoerd: *30 kroketten*. Deze musical was een groot succes en trok in vier dagen tijd 190.000 bezoekers. Toen het bisdom er lucht van kreeg, waren zij 'niet geamuseerd'. Zij wilden een herhaling van een dergelijke musical voorkomen vanwege 'het lage niveau dat gesuggereerd wordt door den titel'. Het Stedelijk liet zich niet ringeloren, maar paste wel de titel aan: *Cafetaria cafetaria*. In Den Bosch wil dit nu zoveel zeggen als 'Als ik het anders moet zeggen, dan formuleer ik het anders, maar ik bedoel eigenlijk hetzelfde want ik laat me door jou niet voorschrijven hoe ik het moet zeggen. Kom nu op zeg. Zo zijn wij niet getrouwd.'

D'n biechtstoel in worden gerookt

De christelijke Brabanders worden nog trouw in de kerk gedoopt, doen hun eerste communie, het heilige vormsel en zeggen hun ja-woord in het bijzijn van God.

Maar, katholiek dat ze zijn, veel vaker zul je ze er niet vinden. Naast natuurlijk de gebruikelijke begrafenis zo af en toe. De afwezigheid zal nooit worden verklaard door gebrek aan moeheid of lusteloosheid. De meest creatieve argumenten worden bedacht. Populairst is de hierboven genoemde uitspraak, ontstaan in het noorden van de provincie. De wierookgeur is daar schijnbaar zo agressief voor de luchtwegen dat men de biechtstoel in wordt gejaagd. En daar heeft men natuurlijk niets te zoeken...

Daar zit 'm de Sneep-kneep

Hoewel Sneep een personage is in de *Harry Potter*-serie wordt deze naam al decennialang in West-Brabant gebruikt om de dorpsgek mee aan te duiden: 'De Sneep kwam ook weer op zijn fiets voorbij.' Sneep betekent dus iets als 'raar persoon', 'zonderling' of 'halve zool'; de Sneep-kneep is een onlogisch oplossing voor een probleem. Je gebruikt deze uitdrukking als iemand in volle overtuiging denkt gelijk te hebben, maar als iedereen weet dat het niet in orde is. Jongens gebruiken deze uitdrukking vaker dan meisjes.

Daor in Eindhove hebben ze het brainpaord nog niet utgevonde

Een typische plattelandsuitdrukking uit de Kempen: het boerenvolk daar is altijd wat afgunstig op alles wat uit Eindhoven afkomstig is. Dit is een reactie op de ronkende manier waarop Eindhoven als lichtend voorbeeld, als Brainport, werd gepresenteerd in de eerste jaren van de 21e eeuw.

Das kut meej stoofperen meej slagroom

Dat is smullen!

De beste zeilmeisjes staan aan wal

Brabant is geen natie van grote zeezeilers. Een beetje peddelen in een sloot gaat nog wel, maar meer vindt men niet gezond. Brabantse jongens worden daarom over het algemeen niet lid van de zeeverkenners om een meisje te vinden, omdat de beste zeilmeisjes aan wal staan. De ruimere betekenis van dit spreekwoord is dat je moet zoeken op plaatsen waar je denkt niets te kunnen vinden (en waar je meestal dus iets anders vindt dan dat waarnaar je op zoek was).

De burgemeester van Oirschot heeft zijn voordeur open

Je hoort deze uitdrukking in Brabant nog vaak als iemand een wind gelaten heeft. Vermoedelijk ligt de oorsprong van de zegswijze in de traditionele animositeit tussen Oirschottenaren en de inwoners van het nabijgelegen Best. Minder bekend, want aanzienlijk minder prozaisch, is de in Oirschot dikwijls gebezigde spreuk *alle Bestenaren stinken als honden.*

De juinpeller achterop

Psoriasis achteraan. Zoals men in fabelen al naar voren heeft laten komen, is het vaak moeilijk om de weg terug te vinden. Waar de een broodkruimels achterlaat, laat de ander droge stukjes huid achterwege. Zoals bekend valt autisme ook onder de categorie 'juinpeller', al is het niet handig om de weg terug te vragen aan iemand die niet weet wat boven of onder is.

De kóáóibááánd wit nie, welken kruuk d'rop zal breke

De stoeprand weet niet welke kruik erop zal breken. Vanuit Tilburg nooit verder in Brabant verspreide zegswijze om uit te drukken, dat niet alleen hoogmoed, maar ook laagmoed voor de val kan komen. Je weet gewoon niet wanneer je op je bek gaat, maar je kunt het in ieder geval niet verwijten aan degene die je iets aandoet.

De koster heeft ook een pielemuis

Hiermee wordt aangegeven, dat je niet alleen omhoog moet kijken maar ook aandacht moet hebben voor de minder bedeelden en nederigen binnen de Noord-Brabantse katholieke gemeenschap.

De ovenhandschoen op het fornuis bewaren

Je wil datgene dat je goed kunt gebruiken graag in een positie bewaren waar je er zonder moeite bij kunt, terwijl je weet dat datgene in die positie juist gevaar loopt, wat ellendig kan aflopen voor alle betrokken partijen. Bovendien produceert het een stank die wekenlang in je keuken kan blijven hangen.

De pliesie is de baos

Hoewel het respect voor de politie in grote delen van het land inmiddels met een vergrootlas moet worden gezocht, geldt dit in Brabant minder. Daar weet men nog wat autoriteit is. En wat normen en waarden inhouden. En dat een uniform geen carnavalsoutfit is. En naar wie men nog moet luisteren. En wie dus de baas is.

De pot in de hond vinden

Bij menigeen is de omgekeerde versie bekender. Niet in Stampersgat en contreien. Ongeveer twee eeuwen geleden verloor een boerendochter haar speld. Bijna honderd jaar later werd deze door een lesbische toerist teruggevonden in een hooiberg. Nu vind ik me daar toch 'de pot in de hond'. Sindsdien niet meer weg te denken uit het Stampergatse straatbeeld.

De vuile was binnen hangen

Dit gezegde is (letterlijk) overgewaaid uit Limburg, met name de streek rondom Heerlen. Het behelst dat je je eigen zaken in het Brabantse op orde hebt (een schoongeveegd pad zogezegd), maar dat deze negatief beïnvloed worden door externe – oncontroleerbare – factoren. Hierdoor wordt men geacht te handelen anders dan aanvankelijk beoogd.

De's nie best

Voor de gemiddelde Oirschottenaar is het verlies van het belendende dorp Best als 'wingewest' in 1819 nog altijd moeilijk te verteren. Met name de grote opbrengst van de wekelijkse collecte in de Bestse Odulphuskerk zorgde ervoor dat de inwoners en het dorpsbestuur van Oirschot van oudsher moeite hadden om zuinig met geld om te gaan. (Iets wat zich tot op de dag van vandaag nog altijd wreekt in de nooit sluitende gemeentelijke begroting!) De oudere inwoners van Oirschot (de echte

'Orskotsen' dus) herinneren zich deze luxe nog maar al te goed. En 'De's nie best' is dan ook hun vaste uitspraak als de wethouder weer eens een begroting met gaten erin presenteert.

Dès allemaol eierkoek

Verbastering van 'het is koek en ei', maar met de tegengestelde betekenis. Afkomstig uit Kruikenstad (Tilburg), waar spreekwoorden een cynische wending plegen te nemen. Denk ook aan 'dès één kut nat', een inmiddels veelgehoorde verzuchting onder mannelijke Brabantse kroeggangers.

Die hoog genoeg klimt, zal vrees leiden

Goede functies brengen je eenzaam aan de top en voor je het weet ben je de grootste lijder van het bedrijf. Deze uitdrukking komt uit het bedrijfsleven van de grote steden, waar de bazen steeds meer te maken krijgen met opstandige pubers, omdat er geen geld meer is voor volwassen werknemers.

Doesniesohollans

Uitdrukking met twee betekenissen: 1. Je moet je niet alleen met water, maar ook met zeep en shampoo wassen. 2. Houd eens op met eerlijk te zeggen wat je vindt.

Dòr zitten ammòl oren en ogen òn

Brabanders zijn gastvrije mensen, mits je ze maar met rust laat. Al teveel nieuwsgierigheid wordt niet op prijs gesteld, en kan de aanvankelijke gastvrijheid plots doen omslaan in geweld. Als men eenmaal van mening is dat 'er allemaal oren en ogen aan je zitten', kun je je daarom maar beter uit de voeten maken. Het zal immers niet de eerste keer zijn dat iemand zijn vakantiehuisje in een 'idyllisch' Brabants dorpje in vlammen ziet opgaan.

Drankorgel is ook een instrument

Muziek speelt een heel belangrijke rol in de Brabantse cultuur, maar een muziekuitvoering of een concert is natuurlijk niets zonder publiek. Het publiek speelt dus metaforisch mee met de uitvoerende musici. Om deze actieve en belangrijke rol te bevestigen krijgt het publiek de taak het symbolische instrument 'drankorgel' te bespelen. Dit gezegde is snel na zijn ontstaan uitgegroeid tot favoriete uitspraak van Erben Zalms, de Waalwijkse postbode.

Een Broabander wor nie bruun, hij verroest

Gemiddeld valt er per jaar 690 tot ruim 900 mm aan neerslag in Nederland. De droogste plaatsen komen voor in het Noorden van Nederland, de natste in het zuiden. In de zomer valt de regen in de regel met grotere hoeveelheden dan in de winter. Door de warmte kunnen fikse buien ontstaan, waardoor dan in korte tijd meer regen valt dan in de koude periode van het jaar. In de nazomer en herfst vallen de zwaarste buien vaak in de landbouwprovincies, omdat het warme rook van de tractoren de buien dan activeert. Men heeft dus vrijwel geen kans op zon in Brabant, enkel en alleen kans op regen.

Een dinosaurus is ook maar gewoon een Hagenees met schubben

Zelfs de besten zijn vaak ook maar gewone mensen. En daarmee basta.

Een één-Willem-tweetje doen

In voetbal: een mislukt een-tweetje. Daarbuiten: een mislukt samenspel.

Een erpel maakt nog geen wortelstamp

Een aardappel maakt nog geen hutspot Het Bourgondische gerecht wortelstamp ook wel bekend als hutspot bestaat voornamelijk uit wortelen in combinatie met meerdere aardappelen. U hoort het al: meerdere aardappelen. Wie hutspot (ook wel bekend als wortelstamp) probeert te maken aan de hand van één aardappel zal bedrogen uitkomen, want een erpel maakt nog geen wortelstamp!

Een friettent is ook geen vetpot

Dit gezegde komt vanuit de boerengewoonte om overal over te klagen. Wie het slecht heeft wil het goed, en wie het goed heeft, wil het beter. Nooit is het genoeg, altijd is er wat te klagen. Dit gezegde kan een tegenbeweging genoemd worden. 'Altijd dat gezeur, stop daar toch mee, zelfs een friettent is geen vetpot'

Een gezonde kat zit soms in het ongezonde vat

Een kat heeft negen

levens, dus katten maak je niet gauw gek. Toch kan het leven ook voor een gezonde kat tegenvallen, hij kan bijvoorbeeld vergiftigd en wel in de gft-bak terechtkomen. Dat is dan een bijzonder ongezonde situatie voor een verder gezonde kat. Zinnebeeldig wordt deze uitdrukking gebruikt voor mensen die zich door toedoen van anderen in een lastig parket terechtkomen, een soort 'andermans schuld, dikke bult.'

Een hond blaft het hardst, wanneer zijn staart zoek is!

Wanneer mensen iets belangrijks kwijt zijn, raken ze vaak helemaal gefrustreerd. Vooral wanneer iemand in paniek het hele huis door rent, op zoek naar de autosleutels of een rolletje plakband om even een cadeau in te pakken, is deze uitdrukking zeer gebruikelijk. Gek genoeg is bij het cadeau's inpakken ook altijd de rol plakband kwijt.

Een kat mag pas onthoofd worden als 'ie dood is

Omdat er veel kwade dingen gebeuren in de wereld, heeft Brabant sedert jaar en dag een berustend antwoord. Misdaden mogen wel begaan worden, maar alleen als niemand er last van heeft. Dus inbreken mag alleen als je het niet in een gebouw of besloten ruimte doet, en een moord plegen mag alleen als het slachtoffer niet leeft. Voor het zingen van Valkenswaardse cabareteske liedjes met een geestige kwinkslag is echter bij dit gezegde een uitzondering gemaakt. Deze misdaad wordt, om kort te gaan, direct beantwoord met hoon en holle tronie.

Een kat mauwt alleen, wanneer zijn maagje knort

Als de mens voorzien is van al zijn dagelijkse behoeften, staat het hem niet te vragen om meer. Alleen dan kan hij verrast worden met iets extra's. De terechte eigenaar van een poezenbeest schotelt immers zijn kat pas wat anders voor, wanneer het beestje slaapt.

Een man een man, een paard een paard

Van alle Brabantse markten, is er geen zo berucht als de markt waar de vlasverkoop hoogtij viert. Op deze zogeheten *vlasmarkten* werd er van oudsher in tweetallen samengewerkt. Een van de twee kooplieden reed het vlas naar de markt toe, de ander verkocht het. Zo ging het, en niet anders. Maar rond de paardenschaarste van 1923 werd deze afspraak steeds minder vaak nagekomen. Brabantse kooplieden wisten elkaar dan van elkaars betrouwbaarheid te overtuigen door fier rechtop te gaan staan en het spreekwoord 'een man een man, een paard een paard' te roepen. Toen kon dat nog. Dan wist men in elk geval wat men aan elkaar had.

Een ruk aan de muts geeft altijd opstoot

Hier kunnen we kort over zijn: niemand vindt het prettig om zijn muts te verliezen als gevolg van een kwajongensachtige ruk. Een klein opstootje is dan ook een logisch gevolg. Hoewel het zeker in het Brabantse dorp Kwanselbrink (gemeente Erp) een veelluidende kreet is, komt dit gezegde ook in andere dorpen voor, want kwajongens trekken nou eenmaal graag aan mutsen. En hoe erg het ook is – dat laatste is tegenwoordig in Erp en omstreken ook een gezegde.

Een vierkante stuiver geeft okselhaarhuiver

Iedereen heeft wel iets waar hij niet zo goed tegen kan, niet dat er van een fobie gesproken kan worden, maar eerder van lichte zorgen. Een kleine tegenvaller in de moestuin, een verkeerd gecoupeerde hondenstaart of een loszittende schroef in het deurbeslag – vervelend, maar niet onoverkomelijk.

Er moet nog veel water door de brokkel

Een Brabantse variant op *water door de Rijn*. Niet alleen moet er nog heel erg veel gebeuren (Rijn) maar ook zal dat vermoedelijk op een zeer onhandige en vermoeiende manier gaan (brokkel).

Gazon gazon

In het Brabants zijn relatief veel Franse woorden en uitdrukking overgeleverd, maar vaak zijn deze verbasterd. 'Gazon gazon' is zo'n verbastering. In tegenstelling tot wat je zou denken, heeft het niets met een grasveldje te maken. Het betekent 'jongen jongen', in het Frans: 'garçon garçon'. Het woord 'garçon' klinkt vreemd in de oren, terwijl 'gazon' juist heel bekend overkomt, een logische spraakverwarring. Dus: 'jongen jongen' > 'garçon garçon' > 'gazon gazon'.

Ge bent mien oebie oebie gelek nun ukkie

Je bent mijn grote liefde als een rozenblaadje. Genegenheid staat hoog op het lijstje van de gemiddelde Brabander, de liefde is hen niet vreemd. Wie deze woorden uit de mond van een Brabander te horen krijgt weet het meteen, ware liefde! 'Je bent mijn grote liefde als een rozenblaadje' stamt af van een eeuwenoud volksverhaal omtrent het tragische leven van een zonderling, die liefde moet vinden vóór het vallen van het laatste rozenblaadje.

Ge kunt net zo goed zelf blaffe

Je kunt net zo goed zelf blaffen. Als je jezelf op een hondse wijze kenbaar wilt maken, heb je geen ander nodig. Dit gezegde is typisch afkomstig uit de Langstraat. De bevolking daar staat van oudsher als zeer dierlijk omschreven.

Ge kunt nie alles hebben: geld èn een neus!

Dit gezegde is afkomstig uit Best, waar in het begin van de twintigste eeuw een rijke inwoner het met een ernstig gecoupeerde neus moest doen, na een gevecht in Het Blauw Boerke, het plaatselijke café. Op deze manier werd hem zijn afgunstwekkende rijkdom regelmatig fijntjes onder de beschadigde neus gewreven.

Ge moe d'n kip nie in d'n kut kèèke

Woordgrap onder Brabantse boeren. Het verhaal gaat dat een boerenzoon zulks daadwerkelijk heeft geprobeerd, waarna hij zwaar gewond naar het ziekenhuis moest worden afgevoerd. Wordt in algemene zin gebruikt als iemand iets heel doms doet. Nooit populair geworden buiten de boerengemeenschap.

Ge wit nie wa ge vreet

Wie veel supermarktvlees eet zonder de etiketten er op na te lezen zou er goed aan doen dat voortaan wel te doen. Immers, door de vleesbomen is het Liesbos bijna niet meer te zien... Meer informatie is te verkrijgen bij de Partij voor de Dierentuin.

Ge zult wel gin zult lusse!

Oorspronkelijk bedoeld om vegetariërs eens flink op hun nummer te zetten, is deze uitdrukking tegenwoordig gemeengoed in eetcafés en andere nieuwlichterige eetgelegenheden. Het moet allemaal exotisch en excentriek, terwijl de zult en de kaoikes nergens meer te vinden zijn op de menukaart. Brabanders houden niet zo van nieuwigheden. En al helemaal niet op hun bord.

Ge zult wel soep lusse

Je zult wel trek hebben in soep. Honende uitdrukking voor iemand die de euvele moed heeft om zondags rond lunchtijd ongevraagd binnen te komen vallen. Brabanders hebben een gloeiende hekel aan mensen die zomaar aanbellen en hun eten en drinken opmaken. Maar hun cultuur verbiedt ze om dat rechtuit te zeggen. En zo wordt er een geforceerde vorm van gezelligheid gecreëerd die soms zelfs eindigt in complete feesten met lange tafels en Arie Ribbens op het podium.

Geen DVD zo glanzend, of er zit wel een krasje op

Een DVD ziet er glanzend en spiegelend uit, vaak staat er ook nog een goede film op. Alles lijkt volmaakt, maar niets is wat het lijkt. Als je goed kijkt, dan zie je dat er overal wel een gebrek te ontdekken is. Met hun blijmoedige melancholie zullen Brabanders in zo'n geval dus mopperen dat zelfs op de meeste glanzende DVD wel een krasje zit.

Geen sporen rond de oren van de pastoren

Paddenstoelen hebben sporen om zich mee voort te planten, deze sporen zitten aan de onderkant van de hoed. Bij pastoors (in dit geval vanwege het rijm 'pastoren' genoemd) werkt de voortplanting anders, maar niemand weet precies hoe. In ieder geval niet door middel van sporen. Figuurlijk betekent dit gezegde dat iemand heel zeker lijkt van zijn zaak, maar dat door zijn lichaamstaal blijkt dat hij het ook niet weet. Sinds 2005 doet dit gezegde opgang bij taxichauffeurs. Zij zeggen het over klanten die eigenlijk niet weten waar ze naar toe moeten.

Gif ze d'r mar twaolf

Geef ze er maar twaalf. Nepotisme. Deze uitdrukking is ontstaan uit ergernis over de puntentoekenning bij het Eurovisie Songfestival. Met name in Oss leidt het tot grote ergernis onder de bevolking als Oost-Europese buurlanden elkaar het maximum aantal punten geven.

Gift oe hond un pootje

Geef je hond een pootje. Typische uitdrukking uit Drimmelen. Als vroeger Drimmelense mannen weduwnaar werden, kregen zij vaak vanuit de parochie een hond als gezelschapsdier. Het gebeurde wel eens dat onduidelijk was tot welke parochie een weduwnaar behoorde. De

weduwnaar had dan zomaar ineens vier honden. In dat geval was deze uitdrukking in zwang als uiting van spot richting de groothondbezitter.

Gij laat zelfs water aanbranden

Wordt gebruikt om aan te geven dat iemand niet kan koken, of in het algemeen erg onhandig is. Dit spreekwoord is over komen waaien uit Belgisch Brabant, waar het te pas en te onpas wordt gebruikt.

Gisteren is een groene garagedeur

'Je bent geen échte Brabander als je geen groene garagedeur hebt gehad' is een van de vele oerkreten uit het oudendaags Brabant. Uit deze oerkreet is de ijzersterke uitspraak 'gisteren is een groene garagedeur' voortgekomen; een uitspraak die niet meer weg te denken is uit de Brabantse wereld van spreekwoorden, gezegden en aforismen! Letterlijke betekenis: wie achterom kijkt moet de deur (poort) op het slot doen, ofwel: het verleden is het verleden, tijd om af te sluiten!

Had maar botter meegenome

Had maar boter meegenomen. Uitdrukking die wordt gebezigd als op een verjaardag de sfeer omslaat naar ruzie over lokale politiek. De uitdrukking wil zoiets zeggen als 'had maar iets meegenomen om de sfeer weer glad te strijken'. In de streek rond Goirle is het van oudsher de gewoonte dat hierbij het verjaardagscadeau weer wordt teruggegeven aan het bezoek.

Hadde gullie dieje mens nie gezien?

Hadden jullie die meneer niet gezien? Waarop het antwoord dient te luiden: 'Nee, ik had 'm nog nie gezien al hadde 't gère.' Op deze manier werden vroeger kleine verkeersovertredingen met dodelijke afloop contant afgehandeld in het Land van Heusden en Altena.

Hangende de vergadering wordt de hartenboer geschorst

Een aforisme uit de Brabantse tertiaire sector die over de hele regio verspreid is geraakt in alles lagen van de bevolking, doch die vooral onder teggelzetters opgang heeft gedaan. In eerste instantie zei men dit als men iemand betrapte die op zijn computer zat te patiencen, maar in de teggelzetterij betekent het eerder dat het tijd is om vakantieherinneringen op te halen. Het verband tussen deze twee dingen is duister.

Hé brilleke

Hé brilletje. 'Hé jij daar met die bril.' Uitdrukking voor mensen die ontzettend veel gelijkenis vertonen met oud-premier Balkenende.

Hedde da alleen digitaal of kan dè ook anaal?

Zoals elders in deze uitgave al vermeld: de Brabander houdt niet zo van vernieuwingen. Des te verrassender is het dan ook dat deze nieuwe uitdrukking steeds vaker te horen is als de Brabander weer eens wordt geconfronteerd met een randstad-hype, waar men dit vroeger meestal afdeed met het platte 'stikt dè mer in munne reet!'

Hedde gin ore?

Heb je geen oren? Spottende uitdrukking voor iemand die Brabants dialect probeert na te bootsen, maar daar jammerlijk in faalt. Vaak komt dat omdat mensen die het Brabants dialect proberen na te doen, zo vol zijn van zichzelf, dat ze in hun hoofd niet de mentale ruimte kunnen creëren om even te luisteren naar hoe het klinkt. Jammer.

Hedde ze los in oe mandje?

Heb je ze los in je mandje? Uitdrukking van Udenhoutse eierboeren. Vroeger gingen Udenhoutse eierboeren naar de markt in Tilburg om hun waren te slijten. Op die markt was echter geen toilet aanwezig en zoals in die tijd gebruikelijk lieten mensen het dan maar gewoon lopen. Het resultaat was een plas viezigheid rondom de eierboer. Om er toch nog een humoristische draai aan te geven, werd gezegd 'Hedde ze los in de mand?' alsof het ging om eieren die uit de mand waren gevallen.

Herman dit, hermandad

Brabantse mannen die de naam Herman dragen blijken vaak het beroep van politieagent uit te oefenen. Liefst 82% van de Brabantse agenten heet Herman. Diezelfde mannen hebben thuis geen reet te vertellen: 'Herman doe es dit, Herman doe es dat!' Het aantal echtelijke ruzies met dodelijke afloop blijkt in deze provincie dientengevolge bovengemiddeld hoog te liggen. De vrouw in kwestie legt hierbij significant vaker als eerste het loodje door een verdwaalde politiekogel. Waarbij aangetekend dat patroon een beter woord is dan kogel.

Het goat nie om de grootte, 't goat om de liters

Dit nieuwe Zuidwest-Brabantse gezegde heeft een oeroude betekenis: hoe groot en breed de Brabander ook is, het enige dat telt is het aantal liters bier dat op een avond verorberd kan worden. In het zuidoosten is een verbastering van dit gezegde ontstaan, waarbij de associatie gemaakt wordt naar het mannelijke geslachtsorgaan. De uitleg van het gezegde verandert dan ineens naar precies het tegenoverliggende: van 'het gaat er om wat er zo hard mogelijk in kan' naar 'het gaat er om wat er zo hard mogelijk uit komt'.

Het gras valt soms naar één kant

Vaak krijgen mensen die toch al veel hebben, nog meer erbij. Let wel: vaak. Dus niet altijd, want het kan ook gebeuren dat arme mensen iets onverwacht(s) in de schoot geworpen krijgen. Bovendien komt het soms voor dat de middenmoters een meevaller toebedeeld krijgen, in dat geval zeggen de Brabanders: 'Het gras valt soms naar één kant.'

Het halve glas is vol

Als de pastoor op visite kwam, dan dronk hij graag een glaasje wijn: 'Maar een halfke.' Daarmee bedoelde hij natuurlijk gewoon een vol glas. Aangezien men al blij was als de pastoor met zijn vingers van de kinderen afbleef, gunde men hem dit zogenaamde halve glas. 'Nog een beetje bijschenken, meneer pastoor?' 'Nee, het halve glas is vol.' Tegenwoordig zeg je dit als je jezelf een beetje vals bescheiden op wilt stellen.

Het is mij Sjeng, Sjir, Sjraar, of Toes of Wiel

Al die Limburgse namen – wat maakt mij het uit? Hoe verder je van de Brabants-Limburgse grens gaat, hoe minder druk je je hoeft te maken om hoe die Limburgers heten. Deze letterlijke betekenis is langzaam maar zeker veranderd in een metaforische. 'Wil je een broodje ham of een broodje kaas?' 'Het is mij Sjeng, Sjir, Sjraar, of Toes of Wiel.' Oftewel: 'Het is mij om het even.'

Het is tijd voor Cor V.

Cor Verbrugghe was jarenlang schoonmaker in Gilze, tot hij veroordeeld werd voor diefstal. Deze combinatie zorgde voor de woordgrap 'Cor V.' – 'corvee' (Brabanders zijn gek op woordgrappen). Als er iets schoongemaakt moet worden en je hebt er geen zin in, dan verwijs je verzuchtend naar deze criminele geschiedenis.

Het Ketrien d'r nog twee?

Het trauma van 11 september 2001 heeft ook in Eindhoven zijn sporen nagelaten. Als er weer eens iets erg gebeurd is, is dan ook de steevaste reactie van sommige Eindhovenaren (met name in de Kerkstraat en op de Wal, de even nummers): 'Het Ketrien d'r nog twee?' waarmee bedoeld wordt: 'Staan de twee torens van de Sint Catharinakerk nog fier overeind, zoals architect Pierre Cuypers ze in 1871 voor 279.000 gulden liet bouwen?' Een begrijpelijke reactie overigens, want zoals bekend is er in Eindhoven weinig moois van enige historische waarde meer te vinden. Als dan die dure kerktorens er ook nog eens aan zouden gaan, bijvoorbeeld door een dronken Poolse piloot van een van de vele Ryan Air vluchten vanaf Eindhoven Airport...

Het wildverband is een veelgebruikt metselverband omdat het vrij gemakkelijk is

Deze dooddoener komt uit de bouw, uit de landbouw om precies te zijn. Je zegt het als iemand kiest voor de makkelijkste weg, omdat de hoeken beginnen met een drieklezoor in de ene laag en een kop in de andere laag. Er mogen maximaal maar drie koppen naast elkaar en er mogen maximaal maar vijf strekken naast elkaar. Het aantal sprongetjes van een verspringende klezoor mag niet meer dan vijf zijn.

Hier in je kut, je zilte kut

Idem als 'Hier in je kut, je zoute kut', maar dan in meer elitaire kringen.

Hier in je kut, je zoute kut

Door Brabants kunstcollectief The Old Seniors in The Black bedachte leuze om een idyllische sfeer of plek mee aan te duiden, bij gebrek aan een Zeeuwse kust in Noord-Brabant.

Hierbij mijn opmerkingen, je bent er nog niet maar ik loop straks nog wel even langs

Inmiddels geen zegswijze meer, maar een gewone Nederlandse, merkwaardige zin. Het betekent zoiets als 'Goed stuk, maar ik wil dat anderen er ook nog even naar kijken.' Werd veel geopperd onder Boxmeerse ambtenarij, tegen collega's die altijd te laat waren en die je ook nog eens liever ontweek.

Hij is helemaal over zijn stuur

Wanneer iemand letterlijk ondersteboven is van een verkeersongeluk (beide elementen (ondersteboven + verkeersongeluk) dienen van toepassing te zijn) dan heeft men daar in Brabant een toepasselijk commentaar op: 'Den dieje nis immaol over zunne stuur.'

Hij kan niet over Sint-Jan heen kijken

In tegenstelling tot wat dit gezegde doet denken, is dit volgens Brabants archiefmateriaal geen verwijzing naar enige Sint-Janskerk of -kathedraal, maar refereert ze aan de Bijbelse persoon Johannes de Doper. De zegswijze wordt geuit jegens mensen die opvallend kort van stuk zijn, wegens het geloof dat Johannes de Doper ook niet al te groot was. (Met name na zijn onthoofding.)

Hij krijgt een wijnstok door de tafelanus

Een gat in de tuintafel om een parasol door te steken, heet een 'tafelanus'. Jacques van Riel (uit Riel), hoofd bijzaken van een neveneffectenbedrijf, had echter andere plannen met de tafelanus. Hij zette in 2006 zijn tuintafel boven een wijnstok die hij door de tafelanus heen opkweekte. Een precisiewerkje om 'U' tegen te zeggen. Het gezin Van Riel zou aan tafel zittend verse druiven recht van de struik gegeten kunnen hebben, als vrouw Meniek er niet vandoor was gegaan met de overbuurman. De

uitdrukking 'hij krijgt een wijnstok door de tafelanus' wordt sindsdien gebruikt voor iemand die (1) gescheiden is en die (2) heel secuur kan werken.

Hoe kredde 't verzonde?

Hoe krijg je het verzonden? In de streek rond Heusden was vroeger veel direct mail-industrie. In de hoogtijdagen gingen er soms per dag wel 15.000 brieven de deur uit. Deze uitdrukking geeft aan dat, na een dag van vouwen en frankeren, het werk erop zit.

Houtere moet 'r in

Van hout moet er in. Een typische bouwuitdrukking uit het Land van Laaf (de streek rond Kaatsheuvel). Toen in de loop van de twintigste eeuw de overstap werd gemaakt van houten naar ijzeren kozijnen, gaf dat wel eens verwarring op de bouwplaats. Als er een ouderwets houten kozijn in moest, was de uitdrukking Houtere moet 'r in. Later werd de betekenis van deze uitdrukking veralgemeniseerd tot 'we doen het zoals vroeger'.

Ieder automobiel heeft een ventiel

Dit Oost-West-Brabantse gezegde betekent dat grote dingen opgebouwd zijn uit kleine. Vaak zijn die kleine dingen het kwetsbaarst: een kapot ventiel (klein) zorgt ervoor dat de auto (groot) niet kan rijden. Omgekeerd is dit niet zo, een kapotte auto kan nog een prima werkend ventiel hebben. Dit gezegde is een nieuwe variant van het oude Brabantse gezegde 'Geen kar zo hout, want alles kan fout' dat dezelfde betekenis heeft

Iedere latei heeft zijn eigen opleglengte

Lateien hebben aan beide zijden een vereiste opleglengte nodig van ten minste 200 mm bij wanden met een kozijnopening tot 2 m breed, en van 250 mm bij bredere kozijnopeningen. Indien het kozijn aan een wandeinde is gesitueerd met een latei op de aansluitende dwarswand, verplaatst men bij onvoldoende opleglengte het kozijn.

Iemand hard onder de riem steken

Niet iedereen is altijd even vriendelijk en vrolijk in het Brabantse land. Soms ontstaan er heftige en hevige ruzies. Als er in zo'n geval klappen en stoten onder de gordel uitgedeeld worden (ook metaforisch bedoeld), dan zegt men in Brabant dat er iemand hard onder de riem gestoken is.

Ik voel me de rug van een zebra

Dit is een citaat uit het de succesvolle sonnettenkrans van Gerben H. Zalms: *Zonder toeven* (Tilburg 2010). Deze dichtbundel sloeg in als een bom, iedere zichzelf respecterende poëzieliefhebber kende minstens zes sonnetten uit zijn hoofd.

Mensen bleven op Heuvelpleinen stilstaan om elkaar te overtroeven met citaten van Zalms. Na verloop van tijd werd het wat stiller rondom *Zonder toeven*, maar 'Ik voel me de rug van een zebra' is gebleven. Deze regel geeft het tweeslachtige van het bestaan aan, spreek het dus neerslachtig uit als je moet kiezen tussen twee kwaden.

In oude emmers met een laagje water vindt men grote padden

Iedereen kent de uitdrukking 'oude wijn in nieuwe zakken', dit is een variant daarop, maar in precies de tegenovergestelde betekenis. De herkomst is onzeker, maar omdat Oirschottenaren Oisterwijkers dikwijls uitmaken voor 'grote pad' ('groite paid'), zouden we het in die hoek kunnen zoeken.

Inhoudsloos geniks (gevuld)

Als een oude koe geen melk meer geeft, dan zal de boer over de uier zeggen: 'Inhoudsloos geniks.' De koe wordt naar de slachterij gebracht, waar de uier tot frikandel vermaakt wordt. Vandaar dat het Brabantse woord voor 'frikandel' dus 'inhoudsloos geniks' is. Wie een frikandel speciaal wil, doet er goed aan om aan de snackbarbediende een 'inhoudsloos geniks gevuld' te bestellen.

Inne koei makt ginne koei

Eén koe maakt geen koe. Men moet geen genoegen nemen met een halve begroeting, een slap handje of slechts een knipoog. Wie zijn ware genegenheid wil tonen zal nooit een dergelijke begroeting laten voltrekken. In Brabant hecht men een grote waarde aan genegenheid en gezelligheid, dit gaat natuurlijk niet samen met een half handje, men wil een ferme handdruk! Krijgt men die niet? 'Mien jong, inne koei makt ginne koei!'

Is da stront wa ik ruik?!

Warempel, ruik ik daar nu een windje? Brabanders kijken niet op een scheetje, het doet hen zelfs denken aan de knusheid van de stallen. Toch is er een soort wind die menig Brabander tegen de borst doet stuiten, de natte wind. Vanwaar de 'natte' wind? Omdat men in natte winden minuscule deeltjes van ontlasting vindt. Niemand wil immers kak op zijn/haar nieuwe bankstel!

Is dè nuttig of nut?

De afkomst van deze vraag is onbekend, maar wordt tegenwoordig veelal rondom de Lichtstad gebruikt. Waarschijnlijk komt dat doordat vooral door het tweede deel van de vraag. Ik zal het u even toelichten, wellicht snapt u er dan iets meer van af. Tijdens de 'schaft' ofwel pauzes van de werkende Brabander gaan verschillende onderwerpen van gesprek de tafel over. Niet iedereen kan elk onderwerp even goed waarderen. Het is dan ook zeer wenselijk om vooraf aan te geven waar het over gaat, zodat men zich nog op tijd kan distantiëren. De onderwerpen waar men enige kennis uit kan halen of een lering uit kunnen trekken worden als ' nuttig' gezien en onderwerpen waarvan de eetlust van menige collega wordt verpest worden onder 'nut' geschaard. Dit laatste wordt ook wel 'nutte praot' genoemd. U begrijpt nu ook waarom het vooral in de bedrijfskantines en in de bouwketen rondom Eindhoven wordt gehoord: Nutte praot komt zelden voor in andere gemeentes!

Is de vetlaag serieus, dan is de Karel curieus

Wie de Karel in dit spreekwoord is, is onduidelijk. Karel de Grote, Karel V, of een andere Karel? De betekenis van het spreekwoord is echter glashelder, omdat de vetlaag staat metaforisch voor de wintervoorraad.

Dus met een goede wintervoorraad is Karel merkwaardig. 'Is de vetlaag serieus, dan is de Karel curieus' wordt het meest gebruikt door kozijnenschilders.

Ja sjoes!

Sjoes is een Limburgse 'lekkernij' van pils met oud bruin. De meeste Brabanders vinden deze specialiteit niet te drinken, vandaar dat sjoes een sterk negatieve connotatie om zich heen heeft hangen. 'Ja sjoes!' wordt op dezelfde uitgesproken als het Hollandse 'Ja daag!' Zoals in deze dialoog: 'Je hebt al drie dagen achtereen afgewassen, dan kun je vandaag ook wel weer de afwas doen.' 'Ja sjoes!'

Jaja, da's in sommige talen een ei

De meeste mensen zeggen: 'Jaja, dat is me allemaal wat.' Zo niet in grote delen van Brabant, daar neemt de zin na 'Jaja' een andere wending. Dit gezegde heeft als betekenis dat je niet alles weet; wel veel, maar niet alles. Door te vertellen dat 'jaja' in sommige talen 'ei' betekent, laat je zien dat je heus wel kennis hebt – maar niet overal van.

Jij moet naar de kapsalon om de kebab weg te halen

Bij kebab- en shoarmazaken kun je het gerecht 'kapsalon' bestellen, dat klinkt vies en dat is het ook. Brabantse humor maakt vaak en graag gebruik van omkeringen: de kapsalon bij de kebabzaak, dan ook kebab bij de kapper. Deze uitdrukking zeg je als je vindt dat iemand te lang haar heeft (of rastahaar) en aan een knipbeurt toe is. Haal die viezigheid van je hoofd, is dan de enige goede raad.

Klik op het kwadraat

Een veel in het

moderne Rucphense uitgaansleven gebruikte uitdrukking, gezegd tegen iemand die aangegeven heeft zich deze (of een andere) avond te willen bezatten.

Koude koffie onder de heg toont geestelijke armoede

Een spreekwoord? Een gezegde? Een aforisme? Wie zal het zeggen... In ieder geval is het een gevleugelde uitspraak van pastoor Verzitteren van de Sint-Jansparochie. Tijdens zijn preken bezigt hij deze zin vaak om aan te tonen dat er meer is in het leven dan koude koffie die onder de heg te vinden is. Inmiddels hebben diverse kerkgangers zijn uitspraak overgenomen.

Laote we hòpe dat dun pantalon van onze kont zakt van ut làche

Laten we hopen dat we zo hard moeten lachen dat de broek afzakt Het amateurtoneel in het schone Brabantse is van een hele andere klasse dan elders in het land. Geen Tjechov, Shakespeare of een Molière wordt een succes zonder de nodige onderbroekenlol. Hier en daar wordt het serieuze post-dramatische theater wel eens uitgeprobeerd, maar zonder de humor heeft dit ten alle tijden een pijnlijke afloop gekend. Een boeren-klucht is wat ze willen en een boeren-klucht is wat ze krijgen. 'Laote we hòpe dat dun pantalon van onze kont zakt van ut làche', wordt op twee manieren gebruikt, zowel letterlijk als figuurlijk. De letterlijke betekenis duidt op de hoop dat de broeken uit gaan, een hoop op schuine grappen. De figuurlijke betekenis is een verlangen naar een potje heel hard lachen. Na een mislukt serieus experiment kan deze uitdrukking ook enigszins cynisch worden gebruikt. 'Laten we hopen dat het deze keer wel leuk is...'

Liever een gat in oew sok dan een sok in oew gat

De rivaliteit tussen Oirschot en Best leidde geregeld tot geweldescalatie. Daarbij was het niet ongewoon dat wie de gemeentegrens overschreed een sok in zijn achterste geduwd kreeg. Hierdoor konden dorpsbewoiners kleinere tegenslagen, zoals een gat in de sok, makkelijk relativeren. Deze zegswijze wordt tegenwoordig ook breder gebruikt. Als iemand bijvoorbeeld een stuk balkenbrei in het zand laat vallen, is er altijd wel iemand die zegt: 'Liever een gat...'

Limburgse nachten zijn kort

Verbastering van de uitdrukking *Brabantse dagen zijn kort* uit de tijd van de Hoeksche en Kabeljauwse twisten. Werd gebruikt om de volksaard mee aan te duiden.

Lulle mee pulle Praten met pullen

Brabanders zijn, net als Groningers, van nature een zeer gesloten en stug volk. Maar omdat ze voortdurend licht aangeschoten zijn, valt dat totaal niet op. Al die pullen bier, daar ga je vanzelf van praten.

Mayonaise aan de schoorsteen vegen

Overdaad schaadt, behalve wanneer je het aan de buitenwereld laat zien. In Brabant heerst de gedachte, dat wanneer je toch als overdadig mens leeft, je het het beste van de daken schreeuwen. Wat de mayonaise betreft, niemand weet wat dat verder met het gezegde te maken heeft. Maar, anderzijds: alles is goed met mayonaise, dus waarom niet.

Mè uwe bakkes u smoel dichtmetselen

Met je mond je mond dichtmetselen. Jezelf vastlullen.

Mek mek mek, mij krijg je niet gek

Toen de Schotse zanger Billy McCrockett (Dermot McNatterman, *Schotse Rock Too*, Tilburg 2010, pp. 66-67) optrad in café Waymood in Tilburg, was de hele Schots-Brabantse kolonie aanwezig. Aangezien bijna alle Schotse namen met 'Mc' beginnen, was het een gemekker van jewelste. Café-eigenaar Piet Kornet bleef er daarentegen stoïcijns, flegmatiek en onverstoorbaar en onder, hij sprak de legendarische woorden: 'Mek mek mek, mij krijg je niet gek.'

Mèn penis is wel groot genoeg!

De e-mails waarin penisvergrotingen worden aangeprijsd, hebben inmiddels ook Zuid-Nederland gepenetreerd. De altijd zelfverzekerde Brabander heeft daar echter een schurfthekel aan, en dat heeft geleid tot bovenstaande uitspraak. Op de vele Brabantse braderieën is deze uitroep te horen als iemand het gevoel heeft te worden belazerd. Daarbij wordt – onder aanmoediging van de omstanders - niet zelden het lid ook daadwerkelijk trots getoond.

Met een paumelleha mburger lek je minder

Iedereen kent het: je bijt in een hamburger en alles loopt er aan de andere kant uit. Onder het mom van 'met een paumelleham burger lek je minder' is frituurkoning Vetthe Beck in Goirle paumellehambugers gaan verkopen. Bij een paumellehamburger zitten de twee brooddelen gedeeltelijk aan elkaar vast, als een soort scharnier. Het punt waar de brooddelen samenkomen hou je van je af, zo blijft de inhoud van de hamburger op zijn plaats als je hapt. De uitdrukking kun je tegenwoordig bij iedereen gebruiken die een beetje vies eet, in de betekenis van: 'Zit niet zo te knoeien!'

Met twee senioren op een bankje kun je een potje schaak wel winnen ja

Exacte oorsprong onbekend. Het schijnt dat Bladel, Hapert, Wintelre en Zundert het gezegde claimen. De dorpen zijn het ook niet eens over de betekenis. In Bladel betekent het dat je de was buiten moet drogen als het niet regent, terwijl het in Hapert betekent dat je juist de was met de wasdroger moet drogen als het regent. In Wintelre betekent dat het onfatsoenlijk is om op straat harde boeren te laten. In Zundert heeft het een wat letterlijkere betekenis: op Zundertse bankjes wordt veel geschaakt door senioren. Deze bejaarden zijn door oefening zeer bedreven geworden in het aloude spel, en zijn daardoor een graag geziene hulp bij een potje schaak.

Met zuur vlees is Limburg groot geworden

Indien iemand met een dom plan komt, dan wijs je dit plan af door op de consequenties ervan te wijzen. Het Limburgse gerecht zuur vlees heeft de wereld niet veroverd, terwijl de Limburgers al hun hoop erop gevestigd hebben. Zuur vlees was dus niet zo'n goed plan.

Mezelf zijn ik al elken dag

Brabanders vormen een excentriek volkje. Het liefst gaan zij niet als zichzelf, maar als een ander door het leven. Het befaamde volksfeest carnaval is hiervan natuurlijk het bekendste voorbeeld, maar ook voor een dagje de homoseksueel uithangen op Roze Maandag draait den Brabander zijn hand niet om: jezelf ben je immers al elke dag. Ook te lezen als een contemporaine cultuurkritiek op de authenticiteitscultus ('gewoon jezelf zijn', 'hij is altijd zichzelf gebleven' etc.) boven de grote rivieren.

Mien woar's mun dieviediemachien?

Beelden, klanken, visuele wondertjes, het leeuwendeel van de hedendaagse technologie. Wie denkt dat men in Brabant nog steeds naar Cassettebandjes luistert, en naar videobanden kijkt slaat de plank radicaal mis! Dit gezegde, de ultieme weerspiegeling van de Brabantse maatschappij in technologie. Na een dag hard werken op het veld heeft de gemiddelde Brabander een enorme behoefte aan rust, rust in de vorm van HD of Blu ray. Zat het werk een dagje tegen? dan zit moeder de vrouw klaar met *High school musical*! Na het zien van deze film verschijnt de riem ten tonele en zullen de kinderen het moeten ontgelden, plezier voor het hele gezin!

Mmmbawaoenéjokéke

Algemene Brabantse reactie op het horen van een taal die men niet machtig is. Zowel in Oost, West en Zuid flink ingeburgerd en niet meer weg te denken. Noord volgt op gepaste afstand.

Moppen in de keet trappen

Dit gezegde heeft verschillende betekenissen en kan dus in veel gevallen worden gebezigd. Mogelijke situaties zijn:

– Bij afbraak van oude panden

– Als overbodig werk wordt verzet

– In geval van overdadige kroeghumor.

Mun ma ziettur dun grap nie in

Mijn moeder kan er niet om lachen. Mannen onder elkaar maken soms schunnige grappen, waarvan ze eigenlijk liever niet hebben dat hun moeder die ooit hoort. Als deze grappen hun top bereiken, dan is het gebruikelijk dat te benadrukken door te zeggen: Mun ma ziettur dun grap nie in. Dit motiveert de bende natuurlijk om de grens nog een stukje hoger verder te zoeken. Het resultaat wil meestal niet iedereen weten.

N'echte eikel groeit nie an nun kastanjeboom

In zekere zin een variant op 'Waar rook is, brandt vuur.' Criminele activiteiten van de hedendaagse jeugd is volgens de Brabanders niet te wijten aan de huidige consumptiemaatschappij of de toenemende gewelddadige media. Volgens de agrariërs is het bij de ouders waar de verantwoordelijkheid hoort te liggen. Een crimineel kind vraagt om een criminele ouder. Een 'rotte' eikel stamt niet af van een 'keurige' kastanje.

Ne dag niks gedoan, is ne dag nie in Brabant geweest

Een dag niets gedaan, is een dag niet in Brabant geweest. Voor Brabanders is het gebruikelijk alles te doen. 'Oh zal ik het ff doen?' 'Wacht maar ik doe wel ff de vaat!' 'Ik doe wel ff naar de winkel fietsen!' 'Doet gij da ff schoonmaken?' Als je dan eens een dag niet zulke uitingen gebruikt, dan ziet het er naar uit dat je tijdelijk geen echte Brabander bent geweest. Brabanders weten dan ook als geen ander wat het kinderlijk taalniveau van de gemiddelde Nederlander is. Da doen ze wel ff snappe!

Neuken kan thuis ook nog

Deze zegswijze is door Randstedelijke randjongeren geïntroduceerd op Brabantse campings om aan te geven dat een vakantie uit meer dient te bestaan dan het bezwangeren van minderjarige Brabantse meisjes. Via een omgekeerd trickle-down effect is het een inmiddels in alle lagen van de Brabantse bevolking geaccepteerde manier om te zeggen dat iets geen haast heeft. Je schoonmoeder begraven, de hond uitlaten of zelfmoord plegen? Neuken kan thuis ook nog!

Oi, oi, oi

Deze jammerklacht is in de recentste recessie vaak te horen in Oisterwijk, Helvoirt, Goirle, Oirschot en Roisendaal.

Onzen Harrie snapt 'r niks af

Onze Harrie snapt er niet veel van. Met deze uitdrukking geeft de spreker aan dat hij zichzelf en de toehoorder van een intellectueel superieur niveau acht. Oorspronkelijk afkomstig uit een Schijndels carnavalslied, 'Waf waf waf, onzen Harrie snapt 'r niks af'.

Oost west, thuis krentenbaard

Als je de hele wereld hebt doorkruist en het overal goed hebt gehad, dan krijg je thuis tóch weer krentenbaard.

Penus ex vachina

In de toneelschrijftechniek kan een auteur gebruik maken van de 'deus ex machina' om tot een ontknoping te komen van zijn toneelstuk. Bij een deus ex machina komt de aap uit de mouw en is het verhaal ten einde. Aangezien Brabanders gesteld zijn op flauwe woordgrapjes ('grauwe woordflapjes') heeft Cor Verbrugghe in Gilze ooit bedacht dat 'penus ex vachina' ook een mooie manier was om te vertellen dat iets afgelopen is. Als het café gaat sluiten, dan roept het barpersoneel: 'Dames en heren! Het is penus ex vachina, we gaan sluiten!'

Ruft in pies!

Dit op het eerste gehoor nogal banale aforisme (baforisme) wordt in heel Brabant gebruikt wanneer men een deviante substantie in een glas drinken aantreft. Aanvankelijk alleen bedoeld voor pilsener en sinas (vandaar dat 'pies'), later ook voor andere dranken als gevolg van het algemener gebruik van dit baforisme. Deze substantie kan een haar zijn, een (al dan niet levend) insect, een schilfer of een stukje koek maar ook lippenstift aan de drinkrand van een glas. 'Ruft in pies!', m.a.w. 'Gadverdamme!'.

Snep! As gij 's begint met bier

Jij met die grote mond! Als jij eens begint met bier. Sinds een aantal jaren is er een trend gaande waarbij mensen van boven de grote rivieren de euvele moed hebben om in een Brabantse café op luide toon te vragen naar een kopje rooibosthee of een glas water ('doe maar water, lekker'). Er zijn binnen de Koninklijke Horeca-afdelingen van de vijf grote Brabantse steden afspraken gemaakt om in dat geval op deze manier te reageren.

Sociale constructie? M'n aars!

Als men in Brabant een discussie voert over, in, met en bij het sociaalconstructivistische, poststructuralistische en postmoderne discours, dan is de gemiddelde Brabander daar snel klaar mee. Hij heeft geen zin in al dat gebeuzel en geneuzel dat er geen waarheid zou bestaan, kennis vloeibaar is en dat we alles zien door een subjectieve bril. Eigenlijk zou hij het liefst zo'n koekwaus op zijn gezicht slaan, maar door zijn aangeboren en aangeleerde vriendelijkheid doet de Brabander het met woorden af. Vandaar dat 'Sociale constructie? M'n aars!' door de ruimte schalt, wanneer een discussiant Foucault te berde brengt.

Steek uw gebit op water, oudje!

Houd je mond! Een enigszins cryptische uitdrukking om het vermoeiend conservatief grootouderlijk gewauwel van de huidige generatie tot stilzwijgen te brengen. Uiteraard kunnen ouderen moeilijker spreken wanneer zij hun prothese in het glas water bewaren.

Strijkijzer, jas en augurk, samen in de snurk

'In de snurk' betekent in Hilvarenbeek dat iemand boven een winkel woont. De strijkijzer, de jas en de augurk zijn metafoor voor het goede leven: de strijkijzer staat in Goirle vanouds voor het stadse leven, de jas wordt in Gilze gebruikt om aan te geven dat de taxi de laatste tijd in prijs gestegen is en de augurk is een typisch Esbeeks symbool voor overdaad. Het totale spreekwoord wordt in *melting pot* Tilburg gezegd wanneer de planten dringend water nodig hebben.

T is wèr een groot vlokkefestijn

De van oudsher grote Brabantse gezinnen konden in verschillende periodes de flessen anti-roos-shampoo niet aangesleept krijgen. Het begon met één persoon en voor ze het in de gaten hadden dwarrelde bij iedereen in het dorp de vlokken op de schouders. Zo gezegd, een groot vlokkenfestijn. Tegenwoordig is de hygiëne ietwat aan de betere hand en kunnen ouders al gaan klagen bij één gevalletje kind-met-roos.

Teer in de Dommel schenken

Eindhovens gezegde voor mensen die iets vervuilen dat toch al vervuild is. Niet te verwarren met gezegdes als Asbest in het tuintje van oma Treesje gooien of Hij die GFT door de straten keile, voorkome niet dat de hond zal kwijlen.

Thee is voor flikkers en zieke hoeren

Voor mij graag een koffie, alstublieft.

Theo Senseo

Pejoratief voor iemand die niet in staat is een om een fatsoenlijke filterkoffie te serveren. Vooral gangbaar in het markizaat van Bergen op Zoom.

Tis toch nie als 's moeder he?

De Brabantse plattelandsmannen staan bekend om hun liefde voor de familie. Met name moeders is een zeer gerespecteerd en geëerd figuur binnen huiselijke kringen. Graag verwennen deze moeders hun zonen met een goed bord peestamp (wortelstamp) of een dikke boterham met zult (hersenvlees). Deze verwende mannen zullen later door hun vrouwen en vriendinnen in de watten gelegd worden, maar de heroïsche status die 'ons moeder' heeft verworven, zal door hen nooit bereikt worden. Bij deze vrouwen leidt dit vaak tot ernstige depressies en jarenlang gezeur. Mannen onder elkaar spreken in de kroeg dan vaak over de vrouw 'Tis toch nie als 's moeder he?!'

Twees is ok leutig

Dooddoener die aanvankelijk gehanteerd wordt door Brabantse pseudosportliefhebbers. De teleurstelling druipt er vanaf, maar geeft zich niet bloot door de volle aandacht te richten op vorm in plaats van inhoud. In reusachtig tempo heeft dit gezegde carrière gemaakt in de Amsterdamse grachtengordel waardoor het niet meer weg te denken is uit 020 en andere nietszeggende getallen.

Van goei brood stront maken

Een simpele kritische uitspraak van de oude garde over de hedendaagse consumptie maatschappij. 'De jeugd, nee die zijn nergens goed voor. Ja, van goei brood stront maken, dat kunnen ze.' De derde generatie maakt alles kapot. Opa heeft het opgebouwd, vader heeft het uitgebreid en zoon gebruikt het tot er niks meer over is.

Vat 'r un kuukske bij

Neem er een koekje bij. Promiscuïteit is altijd een zeer groot probleem geweest in Chaam. Rond 1800 was ongeveer 70% van de kinderen buitenechtelijk. Donderpreken van pastoors, koud water, kamille in de koffie, niets hielp. Men berustte er simpelweg in. Als een man dan thuiskwam na een dag van hard werken kon hij zomaar zijn vrouw in bed aantreffen met een eenvoudige landarbeider, postiljon of zumba-leraar. Op zo'n moment was de gebruikelijke uitdrukking *Vat 'r un kuukske bij.*

Verbale masturbatie in een tuin van bureaucratische baarmoeders

Deze Noord-Brabantse uitdrukking voor politiek Den Haag is later nog in het Engels vertaald en terecht gekomen in een liedje van de Schotse symfonische rockformatie Soultrashing. (Dermot McNatterman, *Schotse Rock Too*, Tilburg 2010, pp. 94-98), die de spreuk opdeden in de Effenaar in Eindhoven.

Vissen in het water bezorgen mij een kater

In Brabant is het een heel oude traditie om op vrijdag vis te eten: 'vrijdag visdag'. En omdat vis moet zwemmen, dient er veel gedronken te worden. Het woord 'water' wordt hier metaforisch gebruikt. Het resultaat van al dat 'water' is zaterdag te merken (zie ook 'Zaterdag katerdag').

Volg de boer naar het bestruikte zweet en je weet wat je vanavond eet

De boer die zich op het land in het zweet werkt, hoeft niet de beste boer te zijn. Veel goede boeren houden zich op in of tussen de struiken – in volle drift afwachtend op de beste kans. Deze boeren bepalen de oogst van de dag, maar meer ook niet. Deze boeren hebben geen langetermijnvisie, maar wel iedere dag te eten. Iemand die leeft van dag tot dag en die desondanks niets te kort komt, past binnen dit spreekwoord.

Vrijen op de keien: daar komen kinderen van

In Zuid-Oost Brabant een gezegde dat veel gebruikt wordt, gezien de gewoonte om daar met enige regelmaat acties te begaan die gevolgen hebben. Vooral prettige of onprettige acties met prettige of onprettige gevolgen vallen vaak ten prooi aan medeburgers die vrijgevig met dit gezegde smijten.

Vrouwe motte gin juinpeller

Vrouwen willen geen man die uien pelt. Hoewel men denkt dat het hier om een emotionele man gaat, van uien pellen gaat men immers huilen, is dat hier totaal niet aan de orde. Als men in Brabant, vooral in de Kempen, spreekt van een juinpeller gaat het om een gevalletje psoriasis. Psoriasis is, net als autisme, een aandoening die veel in het zuiden voorkomt , maar waar over wordt gezwegen. Volgens mannen zijn vrouwen de voornamelijke boosdoener van deze doofpot. Negentig procent van de patiënten zijn namelijk van het adamgeslacht en vrouwen klagen hier regelmatig over. De losse schilfers doen hen denken aan een ui die wordt gepeld en zij raken hiermee niet in de stemming om gastvrij te zijn tegenover een stam met losse boomschorsen. Hoewel deze kreet uit een vrouwenmond is ontstaan, 'ik mot ginne juinpeller', is de spreuk door mannen overgenomen en wordt vandaag de dag gebruikt om de ietwat overdreven eisen van de vrouw aan de kaak te stellen. Denk hierbij aan: ingegroeide teennagel, rug- of borsthaar, last van winderigheid en een twee-weken-baardje. Allemaal problemen die je als man moet oplossen, want vrouwe motte gin juinpeller.

Waar een eend snatert met zijn snuit, heeft men met een vogelbekdier te maken

Sommige zaken in het leven lijken anders dan wat ze werkelijk zijn. In de biologie zou er een determinatielijst gehanteerd worden om vast te stellen of het nu om een eend of een vogelbekdier gaat. De wijsheid in deze uitspraak wil zeggen dat we te allen tijde onze ogen goed open moeten houden.

Oorsprong: In het Brabant van de Middeleeuwen waren de jonkvrouwen nogal naïef in hun keuze, met welke prins ze zouden huwen. Een karaktertrek die in het heden nog een enkele keer voorkomt bij vrouwen.

Wèdde nie wit, dè witte nie

Aan metafysisch geoudehoer heeft den Brabander geen boodschap, want: wat je niet weet, dat weet je niet. Voor het eerst gesignaleerd in het nuchtere West-Brabantse Roosendaal, heeft dit spreekwoord nu geheel Brabant veroverd. Afhankelijk van de context varieert de betekenis van 'maak je niet druk' tot 'houd je muil.' In laatstgenoemde betekenis wordt het vooral jegens kinderen en huisdieren gebezigd.

Weet je wat pas erg is? Warm witbier

Mensen klagen heel wat af, en meestal is dat onterecht. Omdat 'kindertjes in Afrika, die hebben pas honger' niet altijd gepast is, is er in Brabant een soort mildere variant in de spreektaal terecht gekomen. Doch let op, heel veel softer is deze bij wijze van speken ook niet, want na hongersnood is warm witbier toch wel het ergste wat een mens kan overkomen.

Wie aforisme zegt moet ook bforisme zeggen

Wie een gezegde spreekwoordelijk gebruikt kan het zich niet veroorloven te pas en te onpas de metafoor toe te passen. Figuurlijk gesproken wel te verstaan. Dit gezegde is niet aan dovemansoren besteed, met name in het westelijk deel van Oost-Brabant.

Wie de pluimen om de duimen draait, komt nooit veel verder

Met de duimen draaien is een manier om aan te geven dat iemand zit te nietsen. Pluimen stop je normaliter ergens anders dan rondom je duimen. Niets doen plus verkeerd geplaatste pluimen is gelijk aan zeer fout bezig zijn. Wie zich daarmee bezig houdt, komt inderdaad nooit veel verder.

Witte gij wel wie ik zijn?

Toegepast door Brabantse figuren die menen Bekende Brabander te zijn, maar door Franske uit Stampersgat niet herkend worden op straat. Komt in heel Brabant voor en wordt zonder uitzondering gehanteerd door lokale charmezangers, pseudo-criminelen en de hoofdsponsor van de plaatselijke korfbalvereniging.

Zak oe 't pasje meegeve?

Zal ik je het pasje meegeven? Omdat Brabanders van 'veul' houden, heeft half Brabant een Makro- of Sligro-pasje. Waar Hollanders bij een klein glaasje bier een half haantje presenteren, zetten Brabanders graag een 'literse' neer met een 'dubbellen haan'. Als het bezoek daar een goedkeurende opmerking over maakt, volgt steevast de reactie 'Zak oe 't pasje meegeve?' Met andere woorden: ook jij kunt naar de Makro of Sligro.

Zaterdag katerdag

Deze spreuk is een letterlijk vervolg op 'vrijdag visdag'. Door op vrijdag vis te eten, wordt de zaterdag zwaar om door te komen: vis moet zwemmen. 'Zaterdag katerdag' is een variant op 'vissen in het water bezorgen mij een kater'.

Zelfs un gefokt perd moet ge nie in dun kont kèken

Zelfs een gefokt paard moet je niet in de kont kijken. Hoewel het bij het gegeven paard om dankbaarheid gaat, draait het bij het gefokte paard om het vertrouwen. Al sinds oudsher is het bekend dat het niet verstandig is om achter het paard te staan om zo een klap van het hoefijzer te voorkomen. In figuurlijke zin draait het echter om de onverwachte steek in de rug. Blind vertrouwen in de mensheid wordt door de zuiderlingen niet aangeraden.

Zelfs gefokte paarden kunnen trappen. Kortom: het best opgevoede kind valt soms niet te vertrouwen.

Zet gin emmerke masjenès in de polonès

Zet geen emmertje mayonaise in de polonaise. Hoewel het een typische uitdrukking is uit Oost-Brabant, kunnen veel mensen van buiten deze regio hier iets van leren. Een emmer mayonaise in een polonaise zetten, is vragen om ongelukken. 'Nie doen!'

Zeule nar de meule

Sjouwen naar de molen. In Brabant werd vroeger het graan op de rug gedragen naar de molen. Het was zwaar werk. Vandaar dat de uitdrukking nu nog steeds luidt: 'zeule nar de meule'.

Zit de ezel in de bus, gaan de remmen in een lus

Ook in Brabant staat de ezel metafoor voor domheid en koppigheid. De combinatie ezel + busvervoer is dan ook geen wenselijke. Brabanders houden van vriendelijke en behulpzame buschauffeurs, niet van ezels achter het stuur, want dat schiet niet op. Als de chauffeur zo koppig is als een ezel, dan rijdt de bus niet verder dan lijn 2. Kom je hierdoor te laat, dan mopper je: 'Zit de ezel in de bus, gaan de remmen in een lus.'

Zoals een blindedarm het uiteinde vindt

'Zoals een blindedarm het uiteinde vindt' mag niet verward worden met 'als een kip zonder kop'. De betekenissen van deze twee gezegden staan zelfs lijnrecht tegenover elkaar! Waar 'kip zonder kop' refereert aan doelloos gedrag, refereert 'blindedarm uiteinde' aan het doelbewuste van de mens. Als een bruine bolus die doelbewust op weg is naar de pot. Brabanders zijn doelbewust, althans dat zegt men, uit deze opvatting stamt dit geurrijke gezegde.

Zonder deze geen vleze

Hoewel dit schunnig klinkt, is het niet zo bedoeld. 'Vleze' heeft namelijk niets te maken met 'vlees', maar alles met 'vlas'. Bij het uitspreken van dit gezegde hoort een gebaar: bij 'zonder deze' wijs je omhoog naar de hemel, bij 'geen vleze' raak je textiel aan. De achterliggende gedachte is dat de weersomstandigheden belangrijk zijn bij de vlasteelt, oftewel: zonder goed weer, groeit er geen vlas. Het een kan niet zonder het ander. Als een Brabander een causaal verband bemerkt dan zal hij dus 'Zonder deze geen vleze' zeggen.

Zopa en zoma delen een stoma

Brabantse zuinigheid en armoede zijn tot in Mutamaka bekend. In deze tijden van recessie viert dit gezegde zelfs hoogtij. Met name onder carpoolers vindt 'zopa en zoma delen een stoma' gretig aftrek. De praktische uitvoerbaarheid laat echter te wensen over, hoewel er in sommige verzorgingstehuizen in Kazachstan niet moeilijk over wordt gedaan.

www.ingramcontent.com/pod-product-compliance
Ingram Content Group UK Ltd.
Pitfield, Milton Keynes, MK11 3LW, UK
UKHW021654190726
13853UKWH00001B/251